NOUVEAU RECUEIL
DE POÉSIES,

LÉGENDES, BALLADES, ETC.

PAR A. COURET.

Alais,

CHEZ J. MARTIN, IMPRIMEUR-LIBRAIRE.

NOUVEAU RECUEIL

DE POÉSIES,

LÉGENDES, BALLADES, ETC.

PAR A. COURET.

Alais,

CHEZ J. MARTIN, IMPRIMEUR-LIBRAIRE.

1841.

RECUEIL
DE POÉSIES.

A M. REBOUL.

Toi que la prodigue nature
Doua du talent précieux
De percer le secret des cieux,
Et qui du dernier jour nous montres la peinture,
Daigne d'un barde obscur accepter le salut !
Ne crois pas cependant que mon unique but
En t'adressant ces vers soit de te rendre hommage.
Je suis mauvais complimenteur.
Et quoique ton admirateur
Je t'annonce que mon langage
N'a que l'intérêt pour moteur.

J'avais d'abord promis de fournir quelques rimes
Au journal de notre cité ;
(Le ciel me fit rimer pour expier mes crimes).
Et par les rédacteurs je suis sollicité
De tenir enfin ma promesse.
L'on s'est même permis de blâmer ma paresse.
M'auraient-ils, par hasard, pris pour un écrivain?
Messieurs, vous me pressez en vain,
Leur ai-je répondu, mais je connais un homme
Devant lequel je suis petit

Comme Genève devant Rome.
S'il m'honore d'un mot d'écrit
Je suis quitte envers vous, au moins pour six semaines.
—Quel est son nom?—Reboul...Et mon sang dans mes veines
Circulait avec volupté,
En répétant un nom si cher, si respecté.
« Mais pour notre Wagon fera-t-il quelque chose?
M'ont alors répondu ces friands amateurs;
« Et de sa corbeille de fleurs
» Daignera-t-il pour nous détacher une rose?
» Lui que l'auteur de Jocelyn
» Tient en si singulière estime,
» Voudrait-il jeter une rime
» Sur notre modeste velin? »

Je conviens, entre nous, qu'il n'en vaut pas la peine;
Mais nous avons des abonnés;
Pour qui nos vers, dit-on, ressemblent à la gêne
Dans laquelle, en enfer, se tordent les damnés.
Par pitié pour leurs pauvres âmes,
N'auras-tu pas l'humanité
De venir adoucir les flammes
Dont notre sotte vanité
Les brûle sans merci? Ta bienfesante muse
Dans une telle occasion
Ne saurait alléguer d'excuse.
Car on sait que jamais une bonne action
Ne te trouva muet; nous refuser l'aumône
Que nous te demandons avec humilité,
Ce serait proclamer notre inutilité.
Ce n'est que pour donner que le Seigneur nous Donne.

Et lorsqu'il t'a si bien pourvu ,
Il avait certes bien prévu
Que ton ancre de sauvetage
Viendrait pour préserver le Wagon du nauffrage ,
Que semble lui prédire un terrible rival,
Dont le talent pyramidal
L'écraserait , dit-on , comme une sauterelle ;
S'il avait le malheur de lui chercher querelle.

Mais je te vois déjà sourire de pitié :
« Je voudrais , diras-tu, prévenir sa ruine ;
» Mais dans une œuvre si mesquine
» Puis-je donc être de moitié?
» Irai-je bien mêler les accords de ma lyre
» Aux sauvages chansons d'un fifre montagnard ;
» Pour le délassement de quelque campagnard ,
» Qui p eut-être ne sait pas lire ? »

Non , le démon de la satire
Ne pénétra jamais dans ton cœur plein d'amour;
Et l'on sait qu'à l'instant où tu reçus le jour
Des messagers ailés la divine harmonie ,
Pour chanter cet évènement
Descendit tout exprès du haut du Firmament.
Et leur céleste symphonie
Vint changer en plaisir tes premières douleurs.
Un ange au teint de rose , à la robe azurée ,
Souriait en séchant tes pleurs ,
A leur cadence mesurée ;
Et du palais de l'empirée
Te montrait de la main les sublimes couleurs.

Quand soudain une vierge à la main bienfesante
T'enveloppa des plis de sa robe flottante :

L'ange allait la blâmer de sa témérité ;
Quand soudain sur sa bouche éclot un doux sourire,
Pouvait-il, en effet, la frapper de son ire ?
La vierge était la charité !

« Pourquoi vouloir sitôt le ravir à la terre ?
» Son existence, un jour au monde sera chère,
(Dit la fille divine à l'envoyé du ciel).
» Sa voix du malheureux calmera l'amertume ;
» Et du pauvre affligé que la douleur consume,
» Ses chants adouciront le fiel.

» D'un siècle perverti la fatale hérésie
» A banni de chez nous la douce poésie ;
» Le sordide égoïsme envahit l'univers.
» La foi dans ces bas lieux ne trouvant plus d'asile
» Du séjour des humains de jour en jour s'exile ;
» Elle renaîtra dans ses vers.

» Lorsqu'un aimable enfant, sur tes brillantes ailes
» Aura franchi le seuil des portes éternelles,
» Sa main viendra semer des fleurs sur son cercueil
» Et ses tendres accords, qu'un saint amour; enflamme,
« Du phare des chrétiens feront briller la flamme
» Pour consoler sa mère en deuil. »

Et la fille du ciel, te prenant dans tes langes,
Te berça doucement au doux concert des anges ;
Qui descendaient pour toi du séjour souverain.
Chacun d'eux dans tes traits croyait voir son image;
Et de tes beaux destins au ciel rendait hommage,
En contemplant ton front serein.

Dirai-je maintenant comment sous la tutelle
D'un père vertueux, d'une mère fidèle,

Dans une douce paix coulaient tes premiers ans.
Ou comme on vit plus tard ton esprit sans culture
Nous donner, par les soins de la seule nature,
L'essai des plus rares talens.

Dirai-je encor...mais non, car ma muse rebelle
Trop faible pour remplir une tâche si belle,
Refuse d'obéir, et rit de mes travers.
L'insolente, déjà, s'avise de me dire
Qu'en homme de bon sens, je n'aurais dû t'écrire
Que pour te demander des vers.

Adieu. De mes accords excuse la faiblesse ;
Alors que je voudrais avec plus de noblesse
Te prouver mom estime et mon affection.
Mais à côté de toi je sens mon indigence ;
Et tu pardonneras à mon isuffisance,
En faveur de l'intention.

ÉPITRE

à mon Collègue du petit format.

Qui, pour me faire concurrence a levé une boutique de mercerie, d'épicerie, de nouveautés, et un théâtre de marionnettes.

Nous voilà donc à deux, mon bien aimé confrère!
Mais toi, prenant ton vol sur une aile légère,
Tu laisses le Wagon sur son chemin de fer,
Pour t'élever aux lieux où tonne Jupiter,
(Qui t'a prêté, dit-on, son aigle pour monture).
Et, plongeant ton regard sur toute la nature,
Tu planes mollement dans les champs de saphir,
Et pour dix francs par an tu prédis l'avenir.

On voit mille chalands encenser ton aurore ;
Et les yeux ébahis contempler ton phosphore ,
Ta célèbre lanterne , et ces lustres divers
Qui doivent désormais éclairer l'univers.
Epicier sans pareil , rien n'échappe à ta griffe ;
Sur tes joujoux d'enfant on lit le logogriphe ;
Ton poivre et ton café, dans des cornets polis ,
Répandent à dix pas le doux parfum des lys ;
Et l'assa-fétida, qui se métamorphose ,
Se change sous ta main en essense de rose.

Ton magasin , paré des plus vives couleurs ,
N'offre de tous côtés que corbeilles de fleurs :
Les dames , à l'envi , fréquentent ta boutique,
Moins encor pour tes fruits que pour ta rhétorique.
Le cœur tout enchanté de ton galant savoir,
Elles prennent chez toi le menu du boudoir.
Tous tes colifichets imitent la nature ;
Chez toi l'Engoulevent se voit en miniature ;
Et le nain des tréteaux, ce paillasse bouffon ,
Nous présente, au besoin, la taille de Typhon.
Ici le gai savoir , puis le sanglant tragique ,
Dans la case du fond , la lanterne magique ;
Là , Silène aviné se pose en Artaban ,
Et Clotho prend le nom de vierge du Brabant.

Accourez, amateurs , le spectacle commence !
Déjà M. Pierrot a sifflé sa romance ;
Le quinquet , qu'alimente une huile de poisson ,
Vous promet de plaisir la plus ample moisson.
Prenez place ! écoutez ce savant cicérone ,
Qui vient , pour vous charmer, des bords de la Garonne :

Messieurs ! Mesdames !.... je.... ces armes , ces faisceaux

Que des cordes de joncs unissent par monceaux,
Figurent à vos yeux la sublime alliance
De la matière brute et de l'intelligence.
Avec tous ces fagots je puis sans vanité
Eclairer en un jour toute l'humanité.
L'univers tout entier suit ma locomotive,
Et c'est de moi que sort *l'intelligence active.*
Mais apprenez surtout que nous avons promis
Que nul n'aura d'esprit que nous et nos amis.
Tire-moi ce cordon!.. Messieurs, la scène change,
Et vous allez d'abord entendre la louange
D'un sublime concert...— Silence! s'il vous plaît,
Dit paillasse aussitôt en parant un soufflet.
Eh quoi! vous voudriez faire un récit pitoyable
D'un si brillant morceau? non, c'est intolérable!
—Paillasse, mon ami, vous faites l'insolent,
Réplique le gascon, guindé, gesticulant,
Mais en dépit de vous et de tout l'auditoire
Je prétends jusqu'au bout vous en dire l'histoire.
—Est-ce bien long?—Assez, mais pour vous divertir
J'y reviendrai plus tard je vais intervertir.
Holà! vieille Catho, tire donc la ficelle!
  Attention, Messieurs! cette antique tourelle
Rappelle le château du sire Bernardin,
Seigneur de ce canton. Ce noble paladin
Qui, sur ses intérêts ne perdait pas la carte,
Voulut à ses vilains octroyer une charte;
Pour leur propre bonheur, comme vous pensez bien.
C'est lui qui le premier inventa le moyen
De dénombrer les feux dans ce siècle servile.
Quatre-vingt et demi chauffaient sa bonne ville,
Ce qui, par des calculs qu'on peut dire étonnans,
Formait un effectif de vingt mille manans,

Qui fournissaient, dit-on, plus d'une bachelette,
Sur laquelle Bernard avait droit de marquette.
La ficelle, Catho! Ces quatre infortunés
Qui se tordent là-bas, ont été condamnés
A subir un auteur qui lit sa mélodie.
La ficelle!... Messieurs, voici la parodie
D'un célèbre guerrier que Corneille chanta :
(Chant qui de Richelieu l'orgueil épouvanta).
Mais du moderne auteur les sublimes merveilles
Ne peuvent rien blesser si ce n'est les oreilles.
Rodrigue, en tourlourou, nous beugle son argot,
Don Gormas fait paillasse, et Chimène Margot.
De ton beau magasin tel est le grand programme,
Cher collègue, de tes chants faits pour élever l'âme
Annonceront ta gloire à nos derniers neveux.
L'intelligence, *active* et docile à tes vœux,
Sur le moindre signal à tes pieds s'amoncelle,
Pour gonfler les tiroirs de ta riche escarcelle.
Tandis que moi, chétif, marchand infortuné,
Et de tous mes cliens enfin abandonné,
Je viens à deux genoux te demander l'aumône
Du rebut des chiffons que maint auteur te donne.
Une charte, un programme entouré de galons,
Ou bien l'art précieux de gonfler les ballons.
Moi, je t'offre en retour une place au théâtre,
Pour te voir en profil dans *Lazare le pâtre*.

LES DEUX BERGERS. (1)

Fable.

Coridon et Colas, bergers de leur village,
Tous deux enfans du gai savoir,
D'égayer le public se fesaient un devoir.
Mais chacun d'eux parlait un différent langage.
Colas aimait les mots ronflans;

---

(1) Il y aura bientôt 15 ans qus je me trouvais à Nîmes, au moment où une personne à laquelle je m'intéressais, crut trouver une allusion offensante pour elle dans un écrit publié par un jeune homme qui était aussi de ma connaissance. Il fut lui en demander raison, et le jeune homme, incapable de prostituer sa plume à la médisance et à la calomnie, protesta de toute la sincérité de son âme contre le sens qu'on voulait donner à ses paroles.

En qualité d'ami commun, je conseillai fortement au prétendu offensé de ne pas pousser cette affaire plus loin, mais il n'en fit rien; et soit désir d'occuper le public de lui, soit vanité de publier ce qui lui semblait un triomphe, il donna à la déclaration du jeune homme tout le retentissement possible.

Or ce que j'avais prédit arriva; l'article en question fut recherché avec avidité : tout le monde voulut voir le portrait dont il s'était fait si indiscrétement l'application, la malignité publique se laissa aller à tous ses écarts ordinaires, et lui, confus et mystifié, ne crut avoir rien de mieux à faire, à quelque temps de là, que de lancer contre l'auteur un libelle ridiculement boursoufflé, dans lequel il l'accusait d'avoir vendu sa plume, devinez à qui ?...à un directeur de théâtre !....

Le jeune homme eut le bon esprit de mépriser une insulte de cette sorte, et cette aventure me donna l'idée, à moi qui avais déploré véritablement tant de scandale fait pour si peu de chose, de composer la fable suivante contre les dangers de la susceptibilité, et surtout contre la manie de croire que le public s'occupe de nous au point de prendre intérêt à nos querelles de ménage.

Les périodes arrondies ;
Aussi les flins, les flons, les flans,
Paraient toujours ses mélodies.
Coridon, agreste et sans art,
Par son style concis et sa phrase incisive
Convenait aux hommes sans fard ;
Mais la classe méditative
Penchait pour son rival. Quelques entremetteurs
(Gens de qui le métier est de chercher à rire ;)
Firent tous leurs efforts pour brouiller nos auteurs,
En les portant à la satire.
Un jour que Coridon, dans un accès d'humeur,
S'égayait aux dépens de quelques utopistes,
Saints-Simoniens ou Fourristes,
Dans le camp opposé survint grande rumeur :
L'un des meneurs y vit un sujet de querelle ;
Et jugea que l'occasion
Dans ce moment était trop belle
Pour ne pas exciter une collision
Entre les deux rivaux. « Messieurs, grande nouvelle,
Dit-il aux gens de son parti :
« Si vous me secondez, Coridon est rôti.
« Mais il faut à Colas inspirer la pensée
« Que ce n'est que lui seul qu'on a pu désigner ;
« Et que l'honneur lui dit qu'il doit se résigner
« A se donner une rincée,
« Avec le calomniateur
« Qui, d'un pareil écrit s'est déclaré l'auteur. »
Colas, de sa nature, est assez pacifique,
Lorsqu'il est inspiré par des conseils prudens ;
Mais lorsque sa mouche le pique
Il prend parfois le mors aux dents.
Ainsi fit-il, du moins en cette circonstance ;

Et, se rendant chez Coridon
Sans salut et sans révérence :
« Il te faut, lui dit-il, me demander pardon ?
« Ou bien sur l'aire du village
« Il faudra voir lequel de nous
« Sait le mieux pocher un visage.
« A genoux ou partons! — D'où te vient ce courroux ?
« Lui répond Coridon, et daigne au moins m'instruire
« Du tragique motif qui te met en émoi?
« Car avant de s'entredétruire
« Il faut au moins savoir pourquoi?
« — Pourquoi ! répond Colas, et cette chansonnette
« N'en es-tu pas l'auteur ? — Je ne te dis pas non ;
« Mais je n'y vois pas de raison
« Pour abandonner ma musette.
« Et pour me battre encore moins.
« — Et le dissipateur ? tu conviendras, du moins,
« Que c'est moi seul que tu désignes?
« Puisque tous mes amis y trouvent mes insignes.
« — Tes amis, pauvre fou, se sont moqués de toi ;
« Car je te jure sur ma foi
« Que j'ai trop de bon sens pour me rendre coupable
« De te mettre à côté d'un homme aussi capable
« Que le réformateur dont tu fais mention.
« — Vrai ! mais m'en ferais-tu la déclaration ?
« En y joignant ta signature ?
« — Avec plaisir ! car je te jure
« Que je n'ai voulu faire aucune allusion
« A rien de ce qui te regarde.
« Mais tu feras fort bien de te donner de garde
« De livrer cette pièce à la publicité ;
« Car tous ceux qui t'ont excité

« A venir faire ce tapage
« Ont voulu rire à tes dépens.

Si Colas avait été sage
Il eût cru ce conseil dicté par le bon sens:
Mais des entremetteurs ce n'était pas le compte;
Il fallait avant tout du scandale et du bruit.
Colas de leurs conseils ne reçut d'autre fruit
Que la risée, et puis la honte.
Ce fut son unique guerdon.
Et, grâce à ses soins, à sa peine,
Avant la fin de la semaine
Tout le monde savait les vers de Coridon.

A Moussu dé Chapélain.

Moussu, vous saoupégués pas maou
S'un viel pastré dé las mountognos
Qué monjo pas qué dé chastognos,
(Plat qué deou pas vous fayré gaou);
Vén vous diré din soun léngagé
Cé qué pénsou din soun villagé
Lous omés dé bonno énténticou,
Dé la nouvello proumoutieou
Qué vén dé fa lou rey dé Franço.
(Et qu'es pas dé paou d'impourtanço),
Car nous an apprés qu'én effet
Vous avio noummat Sout-Parfait.

Sitôt né saoupré la nouvello
Séguén talamén réjouis,
Qu'aourias dich qué vostrés péys

Vénieou dé perdré la cervello.
Lous fusils et lous pistoulés
Pétavou coumo lou tounerro !
Et yaguet may dé vin poulés
Qué périguérou din la guerro.
Sans counta las poulos, lous yoous,
Car dins aquélo circousténço
Serio pa esta dé counvénénço
Pué soupessian én dé fabioous.
Aoussi fasian prou bonno mino ;
Et dévés pas estré estounat
S'én bévén à vostro séntat
Sé carguet may d'uno mounino.

Mais véjo ayci qu'un énvious
Anet sé mettré din la testo
Quand tout lou moundé éro jouyous
Dè véni troubla nostro festo.
Aco dé la géndarmario
Sé réndéguet én diligénço ;
Et lus diguet per troumpario
Qué lién d'escouta la défénso
Qué vénias dé fayré afficha,
Dé tua ni lébré, ni bécasso,
Avian l'air dé nons én ficha,
Et qué sian toutés à la casso.

Lou bergadié monto à chaval
Séguit dé toutés sous géndarmos ;
Crésieou d'avédré per trval
Eé nous énléva nostros armos.
Mais fouguet certos bé mouquet
Quand véguet nostros carabînos
Tontos cargados d'un paquet

Dé poulets émbé dé galinos.
Counsultet soun codé rural,
A l'articlé lou pus lisiblé ;
Mais véguet qu'éro pas poussiblé
Dé dressa soun proucés-verbal.

Moussu lou mairo qu'es bon diablés,
Li dignet per lou counsoula
Dé partagea nostré gala,
Et qué li fournirio d'establés,
Dé civado, et ce qué caourio
Per touto sa cavalario.

Podé diré qué dé ma vido
Aï pas vis d'omés pus counténs.
Car sé counouy qué dé tout téns
Lous géndarmos an la pépido.
Mais pourtan dins aquel mouméń
Né béguérou lus ramplimén ;
Ainsi qué touto la compagno.
Tellement qué pour cette foués
Avant la fin dé la campagno
Nous n'entendiouns plus lé patoués.
Et qué la joyuse assistance
Criait dans un accord parfait :
Vive Monsiur le Sout-Parfait !
Avec Monsiur lé roué dé France !
Et tout lé mounde était joyus
A l'exceptioun dé l'envius.

Vous qu'avés l'aoucasieou dé veyré
Moussu lou proucurou del rey,
Sé jamay voulio li fo créyré
Qu'aoubéissén pas à la ley
Vous vénén préga dé li diré

Qué dé sas plénlos sé deou riré ;
Sans escouta jamay l'avis
D'un éngouyssous qué toujour grougno.
Car las géns de vostré péys
Sén pas fas per vous fa vergougno.
Et sérén bé pus avisas
Aro qué vous nous gouvernas.

Mais m'avisé qué mas gandoucsos
Et mas cansounettos paloucsos
Fénirieou per vous anuya ;
Et qué vous las caou énvouya
Sans y mescla la méndré noto
Qué séntigo lou coumplimén ;
Car sicy soulidé qu'aoutramén
Ou préndrias per uno carotto.

Adieoussias doun ; et qué lou ciel
Qué per vous prégan à touto ouro,
Piesco vous fa véni bien viel !
Car es toujour trop dé bonno ouro
Per ana veyré nostrés grans.
Dieou préservé lous bos éfans !
Et per coumpletta lou prougrammo,
Désiran d'aou foun dé nostro âmo
Qué nous gouvernés dins cént ans

UN PASTRE
das énvirous dé Ginouliac.

LA VEYADO

Moucel tira d'un pouèmo patoués inédit.

Mais sé voulés surtout jouï dé las véyados
Manqués pa dé caousi lou téns dé castagnados,
Quand l'oustaou és garni d'un triplè persounel.
Lou pastré es dé Flourac, lou varlé d'aou Banel,
La chambrieïro d'aillurs, et pieï chaquo méssagé
Parlo presqué toujour un différén léngagé.
Sans counta l'Aouvergnas, qué déscén chaco iver.
Car y a pas péysan qué noun counservé un ver
Per faïré fa d'esclos per touto la famyo.
Vésés déjà d'aou fio la flammo qué pétyo ;
Las tettos an bouli, las faou vité escoula ;
La soupo dé fabioous qué ven dé s'esculla,
D'un rancé sabourun perfumo la cousino.
A taoulo, galavards ! mais fagués pas la mino
D'aoublida lou mandian qué resto al fougaïrou ;
El qué counouï Gripé, qu'a vis lou loup-garou,
Qué s'én vay pas jamay sans counta sa sournetto,
Per l'amour d'aou bon Dieou dounas-y caouco tette!
Déjà tout es én trin à suça lou péyoou :
La mestrsso, qué tén soun éfan aou mayoou,
Per aquel marmouset es toujour énganado.
Car péndén tout l'aoutoun n'a pas d'aoutro panado.
La gran qu'a pas dé déns fay jouga lou coutel,
Fén la castagno én dous per y lèva la pel.
Et sé vey qu'à la fin s'es pas prou despachado
Davan qué sé léva né prén uno pouchado.

Lou répas es féni, lou viel à soun cantou
Dé tramos ou d'estan candélo un escaoutou.
Lou pastré per sa par fay bouli la peyrado.
Las fyos an déjà couménça la fusado ;
Car sé foou pas coucha sans féni lou trachel,
Et la mestresso a soin dé lou bayla prou bel.
Lous omés désuvrats fan caouco partidetto,
A la bouro, al briscan, souvén à la quatretto ;
—Viro dé cur?—Atous!—Préné! tréflo, et dé cur!
—Volé pas pus jouga, qué siey tro d'aou malhur.
Quatré atous din la man, et perdré la partido!
Pos diré aquesto fes qué la gagnés poulido.

. . . .

. . . .

« Eh bé! mestré Bernat, dé qué countas dé noou?
» Deourias aqesté soir nous fayré un paouquet poou ;
» Nous parla d'aou Gripet ou dé la Garamacho,
» Das sourciés, d'aou sabat,.... — Perqué aco noun vous facho
» Dé m'énténdré counta, sou fagu et lou mandian,
» Vous diray qué d'aou téns qu'éré pas qu'un éfan
» Sian doujé pouliçouns qu'anavian à l'escolo ;
» Nous fayé travessa lou valat dé la Molo,
» Et coumo avié plougu tout lou jour dé davan
» Ero véngu tan gros qué déjà pénsavian
» A nous én rétourna ; quand Jean dé Brunlo-féré
» Véguet un azé gris ; vité s'én vay lou quéré,
» Per y mounta dessus. Et soun consi Simoun
» Qué dé touto la bando éro lou pus luroun?
» Sans sé fayré préga sé mettéguet én croupo.
» Sé poudian, sou faguet, mounta touto la troupo
» Aco sérié poulit! et nostré bourisquet

» Es bé prou vigourous per pourta lou paquet.
» Aguet pas dich aco qu'un aoutré sé y plaço.
» Et la croupo toujour présentavo d'espaço
» Per un, per dous, per tres, et l'azé prou patién
» S'arénjavo d'aou miel per nous douna lou téns
» Dé nous poudré plaça; talamén qué sans péno
» Fouguet prou léou carga dé touto la doujéno.
» Coumprénés bé qu'alors sian toutés émmascas;
» Per afi qu'aoutramén nous sérian avisas
» Qu'un azé es pas prou lon per un tan fort bagagé.
» Lou nostré cépéndén perdéguet pas couragé;
» Intro din lou valat én courén aou galop;
» Mais quan es aou mitan sé plégo tout d'un cop
» Coumo un candel dé fieou, et nous flanco din
l'aïgo.
» Béves-né, mous éfans, s'aquélo vous émbriaygo,
» Ou voou diré à Paris; sou faguet lou lutin,
» Vouguén régarda én l'air, mais lou foulé mutin
» S'éro déjà jouca sus la fiéyo d'un pivou,
» Qué nous sémblet alors tan naou coumo uno
nivou.
» Et coumo per bonhur nous sian pas fas gran maou
» Rétournén én plouran chacun à nostré oustaou.
» Sans nous vanta poutan d'uno talo avanturo »

LÉGENDES.

Le Château de Portes.

C'était en l'an de grâce 1314, époque à jamais mémorable par le supplice des Templiers et les évènemens qui s'ensuivirent. Il y avait nombreuse compagnie au château de Portes, où selon l'expression du temps, on fesait *nopces et festins*, parce que le seigneur châtelain mariait sa fille Lidorie au sire de Brésis, issu de l'illustre race des Tonnonce Ferréol, qui, en raison de son antique origine et de sa prodigieuse fécondité, jouissait depuis quelque temps du privilège de fournir des maris et des épouses aux plus grandes maisons de la province; tellement qu'on aurait pu les regarder comme les Saxe-Cobourg du XIVe siècle.

Comme le sire de Portes était en paix depuis quelque temps avec ses voisins, parce qu'il n'y avait plus rien à ravager sur les terres des uns ni des autres, et que les manans étaient obligés de coucher à la belle étoile en attendant que leurs cabanes fussent reconstruites, il n'avait pas été difficile de réunir nombreuse compagnie pour grandement festiner.

Là se distinguait le seigneur de Fournès, qui brandissait une lance avec une grâce toute particulière, et désarçonnait un cavalier sans lui-même abandonner les étriers. Le sire de

Laval, Malataverne, Lamelouze et autres places, qui, outre une bravoure incontestée, lançait un dard avec tant d'adresse, qu'il perforait d'outre en outre un manant juché sur un couvert ou grimpé sur le châtaigner le plus élevé; aussi fesait-il de cet exercice son amusement favori, à la grande édification des gentes châtelaines. Là se voyait encore le sire de Ferrières, qui dans les dernières guerres de Flandre avait féri moultes estafilades, et bon nombre d'autres dont la tradition ne nous a pas transmis les noms.

Parmi les nobles dames brillait au premier rang damoiselle Loyse de Ferrières, dont la gentesse égalait la fierté, et qui maniait un dextrier avec tant de grâce qu'on l'aurait prise pour la reine des amazones, du temps que ces héroïnes existaient.

Comme rien au monde n'est plus généreux qu'un gentilhomme, les manans des environs avaient obtenu l'autorisation de venir se chauffer autour de la grande cheminée du castel, de se repaître des restes du festin, et de coucher dans les étables; de sorte que, pour quelque temps du moins, ils pouvaient goûter un peu de bonheur: d'autant plus que, par grâce spéciale on les avait dispensés de battre les fossés pour faire taire les grenouilles, attendu qu'on était au 13 février et que les eaux étaient glacées.

Deux ménestrels, que l'odeur de la cuisine avait alléchés du fond de la Provence, se fesaient remarquer dans cette réunion; et comme la noblesse s'est de tout temps montrée la protectrice des arts, on leur avait fait l'insigne honneur de les séparer de la canaille, et de les introduire dans la salle du festin, à condition de chanter lais et ballades, et de faire danser la noble assistance.

Les deux poëtes s'étaient donc accroupis à deux pas de la table où les convives semblaient se disputer à qui leur jetterait la plus grande quantité d'alimens, que les artistes saisissaient à la volée, en les fesant tomber dans leurs toques surmontées d'une plume de coq, pour les déposer ensuite dans un bassin d'argent dans lequel ils puisaient à pleines mains, car dans cet heureux temps on ne connaissait pas l'usage barbare de la fourchette; et ils avaient soin d'arroser le tout d'une copieuse quantité de vin qu'ils versaient d'une grande cruche dans une corne de bœuf.

Le repas fut silencieux, car tout était grave dans ce temps-là; mais quand les fumées du vin eurent échauffé les cerveaux, et que les troubadours eurent chanté les exploits des chevaliers et ceux de leurs aïeux, et surtout la beauté des dames, on devint plus communicatif, et le sire de la Loubatière s'adressant à la damoiselle Loyse de Ferrières, lui demanda si elle aimait la danse. J'en raffolle, dit-elle, et je crois, Dieu me pardonne, que si je n'avais pas d'autre cavalier, *je danserais avec le diable*. Il parait que cette réponse ne fut pas du tout agréable au chevalier; car il se tourna vers l'accorcée, et portant un toast à sa santé, tout le monde lui fit raison et la conversation devint générale.

On était presque à la fin du repas quand on entendit sonner du cor avec une telle force, que tous les échos de la vallée en retentirent, et le nain qui était chargé de la garde de la tour vint annoncer la présence d'un chevalier de la tournure la plus distinguée.

Comme le manoir renfermait une assez grande quantité de paladins pour ne pas craindre une surprise, ordre fut donné aux estafiers de baisser le pont, de lever la herse et d'applanir tous les obstacles qui pouvaient s'opposer à l'introduction du nouvel hôte, et peu d'instans après on vit entrer un chevalier sur le cimier duquel s'élevait un énorme griffon, et le même animal était gravé sur son écu, avec cette devise : *Quand même !*

Il salua la noble assistance avec toute la grâce et toute la souplesse que pouvait comporter un corps couvert de fer, ensuite il se tourna vers damoiselle Loyse, qu'il parut contempler avec la plus grande attention, et la noble dame flattée de cette préférence fut la première à se lever pour détacher les nœuds de sa salade, tandis que les autres s'empressaient de le débarrasser, qui de ses éperons, qui de sa flamberge, qui des vis de son armure, de sorte qu'en moins de rien l'étranger se trouva dépouillé de sa caparasse et laissa voir un homme d'envion trente-cinq ans, ayant des cheveux noirs et un teint basané, mais dont les traits réguliers et les membres athlétiques auraient pu servir de modèle à l'auteur de l'Hercule ou du gladiateur. On remarqua seulement qu'il ne voulut jamais permettre qu'on lui enlevât ses bottes, quelques instances qu'on fît pour l'en débarrasser.

Sire chevalier, dit le châtelain, soyez le bienvenu parmi nous, mon castel et mes vassaux sont à votre disposition, et s'il vous plait me dire quel est l'hôte distingué que j'ai l'honneur d'héberger, ces chevaliers et ces dames s'empresseront de lui rendre les honneurs qui lui sont dûs.

Noble châtelain, dit le nouveau venu, il me fache moult de ne pouvoir satisfaire une curiosité si légitime; mais depuis quelque-temps j'ai fait un vœu qui consiste à taire mon nom, à ne point quitter mes bottes et à m'abstenir de tout aliment dans lequel il entrerait du sel; et cela jusqu'à une époque dont je ne puis préciser le terme, mais qui peut-être s'accomplira avant ma sortie de votre manoir. Si toutefois cette déclaration ne vous suffisait pas, je suis prêt à continuer mon voyage.

Illustre étranger, reprit le châtelain, je suis trop bon catholique pour ne pas respecter un vœu, quel qu'il soit, et s'il vous est agréable de prendre place parmi ces dames et chevaliers, je me tiendrai pour moult flatté de cet honneur.

Le chevalier inconnu se plaça sans trop de cérémonie à côté de la damoiselle de Ferrières, mangea quelques morceaux à la hâte, vida deux ou trois fois son hanap, après avoir plégé la noble assistance, et s'apercevant que les dames avaient hâte de danser; il retint la damoiselle Loyse pour la première ronde; ce que celle-ci accepta avec un sourire moult gracieux.

Déjà les ménestrels avaient accordé leurs instrumens, et la danse et les joyeux propos animaient les convives; lorsqu'un poupart de cinq semaines qui pendait au sein de sa nourrice, lui parla ainsi : « Mère nourrice, toutes les fois que le chevalier inconnu se tourne il sort une flamme de feu de sa bouche, et s'il n'a pas voulu quitter ses bottes, c'est parce qu'il a des pieds de bouc. »

La nourrice étonnée d'entendre un enfant de cet âge s'exprimer avec tant de facilité fut faire part de ce miracle à la dame châtelaine, qui ayant interrogé le petit bonhomme en reçut exactement la même réponse, et, en femme qui ne perd pas la tête, elle entraîna le vieux chapelain du château dans l'embrasure d'une fenêtre, et lui fit part de la découverte qu'elle venait de faire.

A cette nouvelle le chapelain n'eut rien de plus pressé que d'aller se revêtir de ses habits sacerdotaux, et peu d'instans après on le vit entrer tenant un bréviaire d'une main et un goupillon de l'autre. Les assistans crurent d'abord que c'était pour la cérémonie nuptiale ; mais sans faire même attention à leur surprise, le digne ministre alla droit au chevalier étranger ; et après lui avoir copieusement aspergé le museau, il l'apostropha en ces termes : *De la part du Dieu vivant, je t'adjure de me dire qui tu es ?—Je suis le Diable*, répondit l'inconnu. — *Et quel est le motif qui t'a porté à mettre le pied dans ce castel ? — Mademoiselle, qui a dit qu'elle danserait avec moi. — Par quel endroit es-tu entré ? — Parbleu, belle question ! Je suis entré par la porte. — Dans ce cas*, reprit le rusé chapelain, *tu sortiras par la fenêtre*

Le Diable ne se le fit pas dire à deux fois, mais ne voulant pas partir sans laisser une marque de son passage ; il emporta la pierre de taille qui formait la croix de la fenêtre ; et depuis oncques, ne maçon, ne tailleur de pierre ne put y en souder une nouvelle.

Aucuns prétendent que s'il était sorti par la porte, il n'aurait pas manqué d'emporter damoiselle Loyse. Je ne sais, pour mon compte, ce qui serait advenu, mais ce qu'il y a de certain, c'est que six mois après cet évènement les caveaux de la chapelle de Ferrières comptaient une tombe de plus.

LE CHATEAU DE MOISSAC.

Sujet tiré d'une ancienne ballade.

Dans une des gorges des Cévennes, à environ deux lieues de St.-Jean-du-Gard, s'élèvent les ruines d'un château féodal qui fut détruit pendant les guerres de religion. On ne saurait précisément déterminer l'époque où fut élevé ce manoir ; mais si l'on consulte sa position sur un roc taillé à pic et qui domine l'étroit mais fertile vallon qui l'environne, la solidité de ses murs, qu'on pourrait prendre facilement pour les restes d'un monument pélasgien ; et la petite église gothique toute bâtie en pierres de taille, qui s'élève à un quart de lieue de là, on ne peut lui assigner une origine postérieure à la fin du douzième siècle, ou au commencement du treizième.

Malgré son antique origine et les nombreux outrages que lui avaient fait éprouvr les hommes et le temps, ce colosse du moyen âge était encore debout il y a environ trente-cinq ans ; et plus d'une fois j'en ai parcouru les nombreuses chambres dont les voûtes de quelques unes étaient encore intactes, ou bien grimpé sur une des tourelles en forme de guérite, j'ai mesuré de l'œil l'effrayant précipice sur lequel j'étais suspendu, ou le superbe panorama qui se déroulait sous mes yeux : mais le propriétaire actuel ayant eu besoin de faire bâtir fit enlever les grilles et les pierres de taille des fenêtres ; et le géant n'ayant pu résister à cette dernière insulte, a fini par tomber en lambeaux.

A l'époque dont je parle, vivait dans une pièce séparée du corps du bâtiment, et qui conserve encore sa toiture, un solitaire que l'oisiveté plus que la dévotion avait conduit dans ce lieu retiré. Le vieux Clausel était un de ces hommes qui tiennent du lazzarone napolitain par le goût du FAR NIENTE ; et de l'ermite par la bêtise. Un petit carré de terre, suspendu sur la cîme du rocher, et que le propriétaire lui laissait cultiver en paix, formait son champ et son jardin ; une botte de paille lui servait de lit, et une tournée qu'il fesait tous les samedis fournissait abondamment à ses provisions de la semaine et à l'entretien de deux poules auxquelles il était fort attaché. En un mot c'était un véritable ermite, moins la barbe, le capuchon et le chapelet ; aussi n'était-il désigné dans tous les environs que sous le nom du PRIEUR.

Du reste le père Clausel n'avait rien de ce qui constitue le mendiant, il changeait de linge tous les dimanches, ses vêtemens étaient en assez bon état, et malgré sa mine imbécile on l'écoutait avec plaisir lorsqu'il racontait les vieilles légendes qu'il avait puisées je ne sais où, mais qui étaient d'autant plus intéressantes qu'il était persuadé lui-même de tout ce qu'il racontait. Aussi m'est-il arrivé plus d'une fois de manquer l'école pour entendre ces histoires de chevaliers pourfendeurs ; de dames châtelaines, ou de damoiselles amoureuses ; genre d'instruction qui me paraissait infiniment supérieur aux leçons de mon pédagogue. J'ai retenu un bon nombre de ces histoires, et je me propose de vous en raconter quelques-unes, si celle que vous allez lire ne vous ennuie pas trop.

Il y a bien long-temps, bien long-temps, me dit le prieur, que la France était gouvernée par un roi nommé Philippe Auguste : c'était un prince du calibre de notre empereur, (nous étions alors en 1806), et comme lui il avait fait un voyage du côté de l'Egypte, pour se procurer le plaisir de tuer des turcs. Alors encore, comme aujourd'hui, tout le monde était soumis à la conscription, avec cette différence que les barons seuls avaient le droit de commander, et que le peuple n'avait d'autre privilège que d'aller se faire tuer pour eux.

Au commencement du règne de ce prince on vit arriver une foule de pélerins, nu pieds et en guenilles, qui annoncèrent à toute l'Europe qu'un chef de sauvages, nommé Saladin, s'était emparé de la ville de Ptolémaïs, et qu'en véritable cannibale il avait renvoyé les chrétiens sains et saufs, sans même leur administrer la discipline ; affront qui ne pouvait se laver que dans le sang du mécréant ; aussi venaient-ils de la part du pape, enjoindre à tous les chrétiens de prendre la croix, sous peine d'être mis au rang des boucs.

Comme la maladie de l'époque était de se croiser, il est probable que les recrues ne manquèrent pas. Cependant il y avait encore quelques têtes saines, qui, instruites par l'expérience pensaient qu'il vaut mieux se conserver pour la défense de son pays que d'aller chercher noise à un ennemi contre lequel on n'a aucun grief, de sorte qu'il y en eut plus d'un qui firent des réclamations, et les exemptions furent si nombreuses que les capitaines de recrutement de l'époque firent, dit-on, des affaires d'or.

Au nombre de ceux qui trouvèrent le moyen de se faire exempter était le baron de Gondemart, propriétaire de ce château, et dont la puissance était si étendue, qu'à sept lieues à la ronde tous les seigneurs venaient lui rendre foi et hommage à chaque fête de Notre-Dame de mai, sous le patrônnage de laquelle il avait mis sa baronnie qui porta, pour cette raison, le nom de Notre-Dame de Val-Francesque, jusqu'en 1790.

Ce n'est pas que la vieillesse ou la peur missent le sire de Gondemart dans l'impossibilité de faire le voyage. C'était au contraire un homme de quarante-huit à cinquante ans, d'une force athlétique et dont la bravoure était si connue que nul chevalier n'eût osé le combattre en champ clos. Mais chacun a ses travers dans ce monde, et celui du baron était qu'il vaut mieux s'occuper de ses affaires que de celles d'autrui; il avait même poussé le ridicule jusqu'à croire que ses vassaux étaient des hommes et il les traitait en conséquence, au grand scandale de toute la noblesse; mais le baron se consolait de leurs sarcasmes, en pensant que tous ses paysans étaient prêts à se faire tuer pour lui.

Mais ce qui l'attachait le plus à ses pénates, c'était la charmante Alida, sa fille, véritable prodige des temps féodaux, puisqu'a l'âge de dix-sept ans elle lisait comme un clerc et possédait la science du gai savoir comme le premier troubadour de la Province.

Vous sentez bien que tous ces talens, une beauté peu commune, et plus que tout la perspective d'un fief d'une valeur inappréciable attirèrent à la noble damoiselle bon nombre de prétendans; et comme le baron ne voulait nullement gêner ses inclinations elle fit tomber son choix sur le chevalier Alonzo de Randon, que sa bravoure et sa générosité avaient fait nommer le Lion des Cévennes. Cet hymen était presque au moment de se conclure lorsque la croisade vint appeler Alonzo sous les drapeaux de Philippe II.

Je ne vous peindrai pas les adieux de ces deux amans, attendu qu'ils sont consignés dans une ballade que vous trouverez quelque part, si vous vous donnez la peine de la chercher, et de laquelle je vous rapporterai les paroles que la belle damoiselle adressa à son amant :

« Je te serai fidèle, mort ou vivant; et si » jamais j'étais parjure, puisse ton image m'ap- » paraître assise à côté de moi le jour de mes » nôces, et qu'elle m'entraîne dans le tombeau » en disant : *chevaliers, elle était ma femme.* » Après cette imprécation elle donna sa main à baiser au chevalier, lui fit présent d'une riche écharpe, et ils se séparèrent.

Je ne vous parlerai pas de cette glorieuse campagne où le héros de l'orient mit en défaut, par sa prudence, la tactique du roi de France et la folle bravoure de Richard. Philippe ne tarda pas à s'apercevoir que ses compagnons étaient des imbéciles, Saladin un grand homme, et que le premier devoir d'un roi est de veiller à la sûreté de ses états ; aussi se hâta-t-il de réunir le peu de guerriers qui lui restaient, et de faire voile pour la France où sa présence commençait à devenir nécessaire.

Le retour de la croisade fit palpiter plus d'un cœur, mais il fit verser encore plus de larmes. De tous les braves guerriers qui avaient suivi le roi, les uns avaient été dévorés par le climat, les autres moisonnés par le fer des sarrasins, de sorte qu'il n'en revint qu'un petit nombre ; encore étaient-ils dans le plus parfait dénuement.

Alonzo fut du nombre de ceux qui manquèrent à l'appel, mais comme de ce temps les moyens de transport n'étaient pas aussi nombreux, ni aussi réguliers que de nos jours, et que les sergents-majors de l'époque ne se donnaient pas la peine d'enrégistrer les défunts, on pensa qu'il pouvait s'être amusé à tuer des maures et que cela avait retardé son retour, et on l'attendit encore pendant treize mois ; mais une fois que ce terme fut écoulé le baron dit à sa fille qu'il était temps de faire un nouveau choix, parce qu'il n'était pas bien aise de voir passer sa baronnie à des collatéraux ; et la belle damoiselle, après plusieurs hésitations se décida pour le sire de Montlézon, qui lui offrit pour présent de noces un boisseau de bijoux et de pierreries qu'il avait volées aux marchands de la Grèce qui lui avaient donné l'hospitalité.

Une noce de nos jours est chose fort ordinaire, mais à l'époque dont je parle c'était un évènement remarquable ; aussi le sire de Moissac fit-il

5

annoncer à plusieurs lieues à la ronde, que huit jours durant il y aurait grande fête chez lui et qu'un tournoi serait ouvert à tout chevalier qui voudrait bien l'honorer de sa présence.

C'est sur cette plate forme où nous sommes assis maintenant, me dit le prieur, que se livra ce mémorable tournoi où plus d'un preux fut désarçonné ; où plus d'une lance fut brisée. Pendant deux jours la victoire resta à sept nobles cévenols de la suite du sire de Montlézon, mais vers le milieu du troisième jour on vit arriver un chevalier monté sur un cheval fauve et couvert d'une armure couleur de feuille morte. Son casque était surmonté d'une tête de mort et il avait fait graver sur son écu deux os en sautoir avec cette dévise : *A la vie et à la mort.*

A peine avait-il gravi le sentier raboteux qui conduit à la plate forme, qu'il salua brusquement la noble assistance, et jeta son gantelet dans l'arêne en guise de défi. Le sire de Moissac fut tellement choqué de cette audace, que si les convenances lui eussent permis de prendre part au combat il n'aurait pas manqué de ramasser le gant, mais il s'en consola en pensant que les chevaliers cévenols ne manqueraient pas de donner au nouveau venu une leçon de courtoisie.

Les juges du camp ayant reçu du chevalier de la mort le serment qu'il était de noble race et qu'il ne portait sur lui ni charme ni sortilège, firent ouvrir la barrière et donner le signal. Le premier qui se présenta fut le brave Arthur de Gabriac, qui pendant les jours précédens s'était distingué entre tous ses compagnons ; mais le chevalier de la mort ne daigna pas même prendre les précautions d'usage pour combattre un pareil adversaire, et s'avançant sur lui avec une nonchalence étudiée, il le jeta du premier choc à dix pas de son cheval, sans toutefois lui faire éprouver d'autre mal qu'un espèce d'étourdissement qui donna à l'étranger le temps de mettre pied à terre et de lui mettre le genou sur l'estomac et l'épée à l'ouverture de l'œil.

Sire chevalier, dit le cévenol, je me déclare vaincu, et s'il vous plaît me dire quelle est la rançon que vous exigez pour le rachat de mes armes et de mon cheval, je vous la ferai remettre sur le champ. Je ne suis ni maquignon ni fourbisseur, lui dit l'étranger, et je n'ai que faire de ta rosse ni de tes guenilles. Ayant dit cela il se retira pour prendre de champ, et six coups de lance lui suffirent pour désarçonner les six autres chevaliers ; de sorte que personne ne s'étant plus présenté, Alida, qui avait été nommée reine de la fête fut obligée de lui ceindre l'écharpe, honneur que le chevalier reçut avec tant d'indifférence qu'il ne daigna pas même hausser sa visière ; et il se retira laissant tout le monde surpris de son adresse et de son peu de savoir vivre.

On n'avait plus entendu parler de lui, quand le jour de la cérémonie on le vit arriver ceint de l'écharpe du combat, mais tellement fanée qu'elle était de la couleur de son armure, ce que plusieurs membres de l'assemblée regardèrent comme un mauvais présage. Cependant le chevalier avait toujours la tête couverte, et tandis que tout le monde le regardait avec une curiosité mêlée de crainte, il fixait lui-même la belle Alida avec des yeux d'où semblaient jaillir des étincelles.

« Seigneur chevalier, lui dit-elle d'une voix » tremblante, nous ferez-vous l'honneur d'ôter » votre casque et de partager notre alégresse? » L'étranger se rendit à ses vœux, mais ô terreur! le casque ouvert laisse voir les traits d'un squelette hideux qui jeta tout le monde dans la consternation; tandis que l'horrible géant pâle et debout : » Reconnais-tu, dit-il à Alida, Alonzo mort en » Palestine? un jour ta bouche lui jura que tu » serais rebelle à tous les amants, et que si tu de- » venais parjure tu désirais voir son image auprès » de toi le jour de tes noces. Suis-moi donc et que » notre mariage s'accomplisse dans le tombeau : » *Chevaliers, elle était ma femme!* »

A ces mots il saisit de ses bras hideux son infidèle qui l'implore en vain, et ils avaient déjà disparu que leurs cris s'entendaient encore.

Le malheureux baron ne survécut pas à la perte de sa fille, et le château resta long-temps abandonné parce qu'Alida y revenait tous les ans dans ses habits de fiancée et toujours embrassée par le spectre. Mais aux temps des guerres de la Jacquerie un habile aventurier, qu'on croit avoir été un paysan des environs, y établit son domicile, et comme il avait une nombreuse suite, personne ne fut assez impoli pour lui contester un fief qu'il était capable de défendre, et le manant anobli en transmit la propriété à ses descendans qui la possédèrent jusqu'aux guerres de religion, où le château pris et repris par les deux partis, finit par être livré aux flammes.

LE CHATEAU DE TORNAC

aux environs d'Anduze.

Légende du XIII Siècle.

Si vous avez quelquefois suivi la route qui conduit de Nîmes à Anduze, vous n'êtes pas sans avoir aperçu à un quart de lieue environ de cette dernière ville, des ruines assez bien conservées, qui s'élèvent sur un monticule, au pied duquel viennent se croiser les routes de Nîmes, de Durfort et de Quissac. C'est sur cette élévation qui domine une plaine vaste, riche et fertile, qu'un de ces vautours d'illustre race, comme il y en avait tant au moyen âge, avait bâti son aire, de laquelle il fondait sur les voyageurs que la beauté du lieu ou la facilité des communications attirait dans ces contrées. Aussi, malheur à l'imprudent marchand, juif ou chrétien, qui se hasardait sur cette route sans avoir eu soin avant tout de se rendre le seigneur favorable par un présent; non seulement il était dévalisé sans miséricorde, mais encore enfermé dans le donjon d'où il ne sortait qu'après avoir payé une rançon convenable. Aussi, ce seigneur s'était-il fait à peu de frais la réputation du plus riche et du plus libéral de tous ses pareils dans la contrée.

Vous dire s'il était de la famille des Bernard ou des Bermond, si c'était un fabricateur de chartes et s'il avait hébergé des papes, c'est ce qu'il nous a été absolument impossible de démêler dans la légende ou ballade en 75 strophes, dans laquelle nous avons puisé cette histoire, et où ce châtelain n'est autrement désigné que sous le nom de sire de Tornac. Quoiqu'il en soit, sa demeure ne le cédait en magnificence à celle d'aucun seigneur, à en juger du moins par les restes d'un superbe bassin qu'on trouve sur le bord inférieur de la grande route, et il est douteux qu'aucun manoir de la province fut plus avantageusement situé soit pour le produit des terres, soit pour l'agrément du séjour.

Le seigneur dont nous avons à raconter l'histoire avait accompagné St. Louis, lors de sa première excursion en terre sainte, et pendant son absence, la baronne était morte, de maladie ou de chagrin, perte dont il s'était consolé en débauchant une de ses vassales, la belle Marguerite, de laquelle il avait eu un fils nommé Sigefroy.

Comme la baronne, en mourant, n'avait laissé que deux filles, et que la seigneurie de Tornac était un fief masculin, le baron qui, malgré ses soixante ans, se sentait encore certaine ardeur juvénile, songea sérieusement à serrer les nœuds d'un autre hymen légitime pour se donner un successeur. Mais en cela il avait compté sans Marguerite, qui, quoique fille de manant, avait une de ces volontés de fer devant lesquelles viennent se briser tous les obstacles; et encore que le baron eût reconnu le jeune Sigefroy pour être de son sang, et que la bâtardise fut alors un titre d'honneur, Marguerite, chez qui circulait le sang de vilain, ne jugea pas cette reconnaissance suffisante, et elle jura ses grands dieux que son fils serait baron, légitime et de bon aloi.

Dire comment elle s'y prit, c'est un de ces secrets

ténébreux, comme en recélaient tant ces donjons hors desquels rien ne transpirait, et qui jetaient au loin l'épouvante, mais le fait est qu'un beau jour que le baron se disposait à partir pour aller chercher sa noble fiancée, Marguerite lui prépara de sa propre main un excellent repas auquel il fit tant d'honneur que le lendemain matin il fut trouvé mort dans son lit, d'aucuns disent d'indigestion, d'autres, mieux informés peut-être, de la trop grande quantité d'épices.

Voilà donc le mariage rompu ; mais comme par cette mort le jeune Sigefroy ne devenait pas de plein droit l'héritier du baron, Marguerite qui n'était jamais à court d'expédiens, fit venir son vieux père Guillaume qui lui aida à cacher le corps, puis l'ayant affublé lui-même du bonnet de nuit et de la perruque du sire de Tornac, elle le fit mettre dans le lit à la place du mort, en lui disant de feindre une grave maladie.

Une fois ces dispositions prises, Marguerite mande incontinent le prêtre et le tabellion au château, et au moyen d'un contrat en bonne et dûe forme, et d'une cérémonie religieuse qui unissait le père avec la fille, elle se trouva en mesure de se faire proclamer et reconnaître baronne de Tornac. Le surlendemain, le baron descendit, avec tous les honneurs dûs à son rang, dans le caveau de ses ancètres, et comme il n'y a rien de plus discret que la tombe, le père Guillaume, qui avait mangé les restes du souper de son seigneur, fut conduit deux jours après au cimetière de la paroisse.

Voilà donc Margueritte à la tête d'un des plus puissans fiefs de la langue d'Oc ; le père de la fiancée du baron eut bien quelque envie de protester les armes à la main, mais quand il vit que Marguerite fesait bonne contenance, il ne jugea pas à propos de se commettre dans une guerre ouverte contre une châtelaine qui commandait à des vassaux plus nombreux que les siens, et dont la bravoure d'ailleurs était excitée par la présence d'une dame qui sortait de leurs rangs, et sur la sympathie de laquelle ils croyaient pouvoir compter, quoiqu'elle eût déjà renié dans le fond de son âme son origine populaire.

Le premier acte de son autorité fut d'enfermer dans un cloître les deux filles du baron (damoiselles de la plus belle espérance, que leur père avait promis de marier le jour de ses nôces), et de mettre à leur place deux peronnelles qu'elle avait eues avant le jeune Sigefroy, et que le baron avait reléguées dans la foule obscure des serfs, en raison de leur sexe, car le dernier époux de Madame de Maintenon n'avait pas encore décreté que la bâtardise était un titre d'honneur même pour les filles nobles ou princières.

Cependant le jeune baron croissait en âge et en force, et malgré tous les soins que prenait Marguerite pour l'élever à la fierté et au dedain, comme elle avait été une exception parmi les vilains, il en fut une à son tour parmi les nobles, et il fut doux et bienfaisant en dépit du sang qui coulait dans ses veines, en sorte qu'à dix-huit ans c'était le damoisel le plus accompli de tous les châteaux du voisinage. D'aucuns même vont jusqu'à dire qu'il avait secoué les préjugés de son temps au point de se faire instruire dans la science des clercs. Mais je n'oserais l'affirmer tant c'était alors chose honteuse pour un gentilhomme, que de savoir lire. Mais un fait que la tradition nous a religieusement conservé, c'est qu'il se prit d'une belle et touchante passion pour la jeune Hermance, suivante de sa mère, et fille de ce même tabellion qui avait passé le contrat de mariage du baron après sa mort.

Marguerite trouva tout naturel qu'un jeune homme de bonne maison s'amusât aux dépens de l'honneur d'une fille roturière ; mais, comme Hermance était sage, et qu'elle déclara au damoisel qu'elle ne serait jamais à d'autres qu'à son *époux*, Sigefroy lui jura par son Dieu et par son épée qu'elle deviendrait sa femme et qu'elle porterait son nom.

Il serait difficile de se faire une idée de la colère qui enflamma la fière Marguerite quand elle vint à savoir les projets des deux amans ; elle accabla son fils de reproches et le menaça de sa malédiction, mais le noble damoisel lui donna à entendre qu'il était instruit de bien des choses, et qu'en tout cas il était maître et seigneur, et que personne au château n'avait le droit de s'opposer à ses volontés. Le mariage fut célébré huit jours après ; la baronne dévora son chagrin, mais elle fit serment de s'en venger, à moins qu'elle n'en trouvât l'occasion ; et comme si un génie malfaisant eût été d'intelligence avec elle, six mois étaient à peine passés qu'une circonstance vint merveilleusement seconder ses vœux.

Ici nous cesserons de suivre la tradition pour nous appuyer sur un récit authentique, consigné dans un parchemin que la ville d'Anduze conserve dans ses archives, et que ses administrateurs ont bien voulu nous communiquer, pour faire voir au monde qu'eux aussi possèdent des manuscrits précieux, et qu'il ne leur manquerait qu'une plume habile pour en enrichir les annales de l'archéologie. Comme le langage de cette époque a un peu vieilli, nous ne conserverons dans la reproduction qu'on va lire que les termes qui nous ont paru rendre les idées du chroniqueur dans toute leur naïveté, et nous traduirons le reste en français d'académie, pour la commodité de nos lecteurs, déjà un peu dégoûtés, nous le savons, du style des chartes.

. . . .

. . . .

. . . .

Adoncques passa par ceste ville d'Anduze, Monsieur Charles d'Anjou, frère du sainct roi Louis IX, allant guerroyer en terre de Naples, où sa conquête était menacée par les intrigues du roi d'Aragon.

Le damoisel de Tornac, accompagné d'une suite nombreuse, fut au-devant du frère de son souverain, ès mains duquel il rendit foi et hommage, ce dont le prince fut charmé à point que l'embrassa de moultes étreintes et le gratifia du titre de cousin pour plus lui faire honneur.

Le damoisel que cet accueil rendait fier, le remercia poliment et l'invita à s'arrêter en son castel, ce que le prince accepta d'autant plus volontiers qu'il avait besoin de faire reposer ses gens, et après avoir pourvu à leur subsistance en les logeant chez les manans du bourg, il accompagna le jeune baron en compagnie seulement de dix lances. La baronne Marguerite, parée de tous ses atours, fut gracieusement recevoir le prince, qui lui baisa la main, et le jeune baron lui présenta son épouse Hermance, que le prince et sa suite trouvèrent moult gente et accorte.

On festina pendant dix jours, mais comme il

chalait peu à gens de si haut lignage rester dans l'oisiveté, on publia un tournoy à armes courtoises, où fut invitée toute la noblesse des environs, et dans lequel le vainqueur pouvait demander au prince telle grâce que bon lui semblerait.

Il existe encore plusieurs lais et ballades sur cette fameuse passe d'armes, qui se livra dans la plaine qui est au-dessous du Castel et où le damoisel de Tornac désarçonna tous ses rivaux, et lorsque Charles lui demanda ce que voulait pour récompense de sa valeur: « gentil, seigneur, dit-il, en mettant » le genouil en terre, je requiers pour tout guerdon » que daignez me faire chevalier de votre propre » main. » Le prince, moult charmé de cette demande, promit de lui ceindre l'écharpe et le baudrier, à condition qu'il le suivrait en terre de Sicile.

Fier de l'honneur qu'il venait de recevoir, et surtout de l'avantage d'avoir vaincu les chevaliers de la langue d'Oil, dont la valeur avait été si fatale à sa patrie dans la guerre des Albigeois, le nouveau chevalier promit d'accompagner le prince. Mais quand fallut se despartir de sa chère Hermance, combien grande fut sa douleur, et qu'il regretta d'avoir engagé sa parole! mais plus n'était temps et fut obligé de faire contre fortune bon cœur.

Il partit donc, au grand déplaisir de ses vasseaux qui versèrent des larmes, parce qu'il était pour eux moult doulx et bénin à l'encontre de sa mère, qui, quoique issue de race vilaine, était bien la plus fière dame que jamais castel eût habité; aussi sa bru avait pour elle si forte crainte que tomba évanouie quand son époux lui dit que c'était à elle qu'il confiait le gouvernement du château, prévoyant bien qu'elle abuserait de son pouvoir pour lui faire tort.

Or, savez tous ce qu'advint de cette femeuse expédition et comment le trente mars 1282 de l'incarnation de notre Sauveur, les Sicilens, à l'instigation de Jéhan de Procida, se levèrent comme un seul homme au premier coup de vespres, et occirent tous les français qui se trouvaient en la ville de Palerme, et ensuite tous ceux qui habitaient les deux Siciles, et ouvrirent leurs portes aux soldats du roy d'Aragon. Le duc d'Anjou, voulant tirer vengeance de cette trahison, fut mettre le siège devant Palerme, mais Roger de Loria détruisit sa flotte et emmena la plupart de ses guerriers en captivité.

Cette défaite jeta la consternation dans tout le pays de France, les troubadours en firent pendant six mois le sujet de leurs chants, et firent sur ce moultes ballades qui firent grandement larmoyer, et les nombreux pélerins qui s'en allaient partout le royaume firent des quêtes extraordinaires dans les chaumières et châteaux, bien que le plus grand nombre ne fussent instruits de l'évènement que par ouïr dire.

Comme le damoisel de Tornac ne rentra point en France avec les débris de l'armée du duc Charles, le bruit se répandit qu'avait été occis, au grand déplaisir de ses vasseaux, et surtout de sa tendre Hermance que s'enferma dans sa chambrette pour pleurer son doulx ami trespassé.

Cependant cette douleur n'était moins que rien pour la baronne Marguerite, qui avait fait serment de se venger de sa bru; aussi au bout de deux mois, et après que se fut assurée que nul n'avait nouvelles du jeune baron, fit arracher Hermance de sa retraite, la dépouilla de tous ses atours, voire même de l'anel d'or que lui avait donné son bel ami, le jour des accordailles, et lui ayant fait prendre vêtemens de laine, lui donna fuseaux et quenouilles, et l'envoya ès champs garder chèvres et pourceaux ; et à son retour lui faisait servir à table les damoiselles ses filles, qui la récompensaient de ses peines par injures et moult mauvais traitemens.

La pauvrette n'aurait pu résister à si dure condition, n'eussent été les conseils du vieux chapelain, que lui prodiguait les consolations et la flattait de l'espoir que Sigefroy pourrait bien revenir. Mais las! l'autonne avait dépouillé deux fois les arbres de leur ramée, le rigoureux mistral sarclait la campagne de son souffle glacé, et point n'avait Hermance de nouvelles, quoiqu'elle n'eût manqué d'interroger tous les voyageurs, marchands ou pélerins, à point que l'espérance avait fini par l'abandonner, lorsqu'un jour qu'était assise au pied d'un arbre, pour se garantir du vent du nord, elle vit reluire au loin quelque chose qui ressemblait à une armure et peu de temps après se trouva en face d'un chevalier dont le cimier était surmonté d'une colombe et un mirthe gravé sur son écu.

Mais ce que plus la surprit fut la courtoisie de l'étranger envers une personne de sa condition, car abaissant sa lance devant elle, lui parla ainsi : « Ne pourrais-je , gente porchère passer la nuit dans ce manoir ? — Las, Monseigneur, reprit Hermance, c'est à la baronne Marguerite que devez vous adresser; car pour mon compte n'ai aucun pouvoir céans. — Mais d'où vient belle enfant, que me paraissez si triste? Ne pourriez me conter le sujet de vos peines ? — Ne vois, Monseigneur, qu'elle raison vous porte à vous intéresser à mon triste sort. — Du moins, la belle, daignerez-vous me dire votre nom? — Hélas, seigneur, on m'appelait n'aguère baronne de Tornac, mais depuis qu'ai eu le malheur de perdre mon époux et seigneur, la baronne Marguerite m'a chassée du castel, et maintenant ne suis plus qu'Hermance la porchère. »

A ces mots l'inconnu sauta légèrement de son coursier saisit Hermance par la main, et lui dit: « Cessez, belle dame, vos plaintes et lamentations, car j'ai fait veu à Notre-Dame de protéger le faible et l'opprimé, et certe ne défaudrai à ma promesse en cette occasion.... Quittez, quittez cette quenouille, et montez en croupe sur mon dextrier, car bien certes ce soir, vous ferai reconnaître pour dame et baronne de Tornac, même par Madame Marguerite. »

Et la prenant par son gentil corsage, la met sur la croupe de son cheval et s'achemine vers le château; mais à peine était arrivé sur la plateforme que rencontra la fière Marguerite, qui, sans répondre au salut courtois du chevalier ordonna à ses estafiers de saisir la porchère et de l'enfermer dans le donjon en punition de sa désobéissance. Les varlets allaient obéir, quoiqu'à regret, lorsque le chevalier inconnu brandissant sa lance leur cria d'une voix de tonnerre: « Arrière, vilains, si ne voulez être perforés d'outre en outre comme manans et canaille que vous êtes; et vous, Madame, dit-il à la baronne, en jetant son casque à dix pas de lui, reconnaissez votre fils Sigefroy, qui vient vous demander compte des traitemens qu'avez fait éprouver à sa bonne Hermance, que certes ores n'aurez plus le pouvoir de tourmenter, ne vous ne vos méchantes filles que vais faire conduire dès demain au couvent d'Anduze, d'où ne sortirez que pour paraître devant le tribunal de Dieu. »

Hermance, toujours bonne, demanda avec larmes la grâce de la baronne et de ses filles ; mais le sire de Tornac ne se laissa pas fléchir, et dès le lendemain les portes du monastère se fermèrent sur elles pour ne plus se rouvrir.

Les vasseaux du sire de Tornac furent moult joyeux et célébrèrent le retour de leur seigneur par force lais et ballades, dont une se trouve consignée à la suite de ce récit, sous le titre de *lai de damoisel*.

LE LAI DU DAMOISEL,

Ballade du treizième Siècle.

1.

Oyez, oyez la triste histoire
Du damoisel ;
Qui quitte, pour suivre la gloire,
Son biau castel :
Laisse Hermance, sa gente épouse,
Dans la douleur
Aux soins d'une mère jalouse,
Dieu, quel malheur !

2.

Il suit en terre de Sicile
Prince puissant.
Du manoir le bonheur s'exile
Dès qu'est absent.
Hermance, toujours tendre et bonne
Pleure et gémit ;
Et devant la fière baronne
Tremble et frémit.

3.

Arrive, après un an d'attente,
Un troubadour ;
Et la baronne veut qu'il chante
Un l'ai d'amour :
« — Hélas ! hélas ! ma bonne dame
» Plus n'en savoir ;
» Douleur a banni de mon âme
» Le gai savoir.

4.

» — Dis-nous le sujet de ta peine,
» Biau jouvencel ?
» — Baronne, c'est ce qui m'amène
» Dans ton castel :
» De ton bonheur apprends le terme,
» Plus n'as de fils.
» Et nos chevaliers dans Palerme
» Sont tous occis. »

5

Oyant cela, la châtelaine
Point ne s'émut ;
Mais lors pour Hermance sa haine
Grande parut.
Lui fit quitter son biau corsage,
Tous ses atours ;
Puis l'anel d'or, précieux gage
De ses amours.

6.

De la bure la plus grossière
La fait vêtir ;
Comme vilaine ou chambrière ;
Puis, sans frémir,
Lui dit de prendre quenouillette,
Laine et fuseaux ;
Que faut qu'elle aille sur l'herbette
Garder pourceaux.

7.

Lâs ! combien elle était jolie !
Lorsqu'à genoux
Priait aux champs vierge Marie,
Pour son époux.
Ses larmes arrosaient sa couche ;
Adieu sommeil !

Un pain noir déchirait sa bouche
A son reveil.

8.

Après deux ans, la belle Hermance
D'un doux retour
Avait abdiqué l'espérance;
L'crsqu'un beau jour
Devant ses yeux voit apparaître
Fringant coursier,
Qui caracole sous un maître
Couvert d'acier.

9.

« Bonjour, bonjour, gente porchère !
» Pourrais-je voir
» Une personne qui m'est chère
» Dans ce manoir ?
» —Ne sais, répondit la pauvrette,
Pleine d'effroi;
» Rien ici ne peut la veuvette
» De Sigefroy.

10.

» — Du sort où vous voilà réduite
» Suis bien marri;
» Et la baronne Marguerite
» A donc péri ?
» — Non, Monseigneur; mais la cruelle
» M'a fait ce tort,
» Aussitôt qu'a su la nouvelle
» De son fils mort.

11.

» — Point n'a péri, gentille Hermance,
» Puisqu'en ce jour

» Conserve encore souvenance
» De votre amour.
» Sur mon coursier daignez vous mettre,
» Car bien ce soir
» Veux vous faire trouver le maître
» De ce manoir. »

12.

Lui fait alors quitter sa laine
Et son troupeau,
L'assied sur la croupe et l'entraîne
Vers le château.
Quand voit l'insolente baronne
En son chemin,
Sur la tremblante porcheronne
Lever la main.

13.

» Arrêtez, baronne inhumaine!
Dit l'inconnu;
» Pour d'Hermance finir la peine
» Je suis venu.
» A vous plus ne doit se soumettre;
» Vous fais savoir
» Que je suis souverain et maître
» Sur ce terroir. »

14.

Alors de sa brillante armure
Défait les vis;
Et lui présente la figure
De son biau fils.
La baronne pleine d'envie
Le revoyant
S'échappe, et va finir sa vie
Dans un couvent.

LE VAMPIRE.

Sujet tiré de lord Byron.

Quelle est cette pâle figure ?
Ce regard de mauvaise augure,
De qui l'aspect
Rend l'âme timide et contrainte,
Et semble inspirer plus de crainte
Que de respect ?

Naguère, sur les bords du Gange,
On le mit, ô merveille étrange !
Dans le cercueil ;
Et le seul être humain qui l'aime
Recouvrit son cadavre blême
D'un froid linceuil.

Il était mort : mais ô prodige !
(Non, ce n'est pas un vain prestige) ;
Son jeune ami
En arrivant en Angleterre
Le retrouve encor ; car la terre
L'a revomi.

Mais quel puissant motif l'enchaîne ?
Oh ! qu'il épargnerait de peine
Et de tourment,
S'il disait cet affreux mystère !
Qui le force donc à se taire ?
C'est un serment.

Car aux bords indiens le traître
Voulut que la fin de son être
Fût un secret.
Et sur le salut de son âme
L'Anglais fit serment à l'infâme
D'être discret.

Cependant par son éloquence,
Par son or et par sa dépense,
L'être inconnu
Enchaîne, captive les âmes;
Sait plaire; et de toutes les femmes
Est bien venu.

Il étonne par sa science,
Chacun brigue son alliance;
Et plus d'un lord
Fier de l'unir à sa famille,
Lui fait offrir, avec sa fille,
Son coffre-fort.

Mais son féroce instinct le guide
Auprès d'une vierge candide,
Au cœur aimant,
Dont la fatale destinée
Lui fait accepter l'hyménée
D'un tel amant.

Quel pompeux festin! tout y brille;
Et le cœur de la jeune fille
De lui charmé,
Sent une volupté parfaite
Lorsqu'elle suit en sa retraite,
Son bien-aimé.

Malheureuse enfant ! quel empire
Te fait à cet affreux vampire
Livrer ton sort ?
Sais-tu qu'il souille ce qu'il touche ?
Et que les baisers de sa bouche
Donnent la mort ?

La nuit a fait place à la veille ;
Et cependant l'époux sommeille ;
Car il n'a pu
Rouvrir sa paupière assoupie ;
Tant du sang de sa jeune amie
Il s'est repu.

Les compagnes de la vestale,
A son aspect lugubre et pâle
Ont tressailli,
En voyant son charmant visage
Penché comme un lys du rivage,
Qu'on a cueilli.

Et tous les jours la malheureuse
Traîne sa marche langoureuse
Vers le tombeau.
Sur ses traits, qui portaient envie,
On voit s'éteindre de la vie
Le doux flambeau.

Du mal affreux qui la dévore
Sa pauvre mère qui l'adore,
Avec raison ;
Voulant connaître la nature,
Fait pratiquer une ouverture
A la cloison.

Elle a tout découvert..... ô crime!....
D'un époux sa fille est victime!
    Elle le voit
Aspirant d'une bouche avide
Du sein de la vierge timide
    Le sang qu'il boit!!!

Las, comme elle se désespère!
A ses cris redoublés le père
    Est accouru.
Mais c'est trop tard, sa fille expire;
Et le détestable vampire
    A disparu!

www.ingramcontent.com/pod-product-compliance
Ingram Content Group UK Ltd.
Pitfield, Milton Keynes, MK11 3LW, UK
UKHW031958260826
14628UKWH00005B/2134